THIS BOOK BELONGS
TO:

....

....

Subject: Date: /   /

Subject: Date: /   /

Subject: Date: /   /

Subject: Date: /   /

Subject: Date: /   /

Subject:

Date: /   /

Subject: Date: /   /

Subject: Date: /   /

Subject: Date: /   /

Subject: Date: /   /

Subject: Date: /   /

Subject: Date: /   /

Subject: Date: /   /

Subject: Date: /   /

Subject: Date: /   /

Subject: Date: /   /

Subject: Date: /   /

Subject: Date: /   /

Subject: Date: /   /

Subject: Date: /   /

Subject: Date: /   /

Subject: Date: /   /

Subject: Date: /   /

Subject:

Date: /   /

Subject: Date: /   /

Subject: Date: /   /

Subject: Date: /   /

Subject: Date: /   /

Subject: Date: /   /

Subject: Date: /   /

Subject: Date: /   /

Subject: Date: /   /

Subject: Date: /   /

Subject: Date: /   /

Subject: Date: /   /

Subject: Date: /   /

Subject: Date: /   /

Subject:

Date: / /

Subject: Date: /   /

Subject:

Date: / /

Subject: Date: /   /

Subject: Date: /   /

Subject: Date: /   /

Subject: Date: /   /

Subject: Date: /   /

Subject: Date: /   /

Subject: Date: /   /

Subject: Date: /   /

Subject:

Date: /   /

Subject: Date: /   /

Subject: Date: /   /

Subject: Date: /   /

Subject: Date: /   /

Subject: Date: /   /

Subject: Date: /   /

Subject: Date: /   /

Subject: Date: /   /

Subject: Date: /   /

Subject: Date: /   /

Subject: Date: /   /

Subject: Date: /   /

Subject: Date: /   /

Subject: Date: /   /

Subject: Date: /   /

Subject: Date: /   /

Subject: Date: /   /

Subject: Date: /   /

Subject: Date: /   /

Subject:

Date: /   /

Subject: Date: /   /

Subject: Date: /   /

Subject: Date: /   /

Subject: Date: /   /

Subject: Date: /   /

Subject: Date: /   /

Subject: Date: /   /

Subject: Date: /   /

Subject: Date: /   /

Subject: Date: /   /

Subject: Date: /   /

Made in the USA
Monee, IL
18 December 2021